D1370217

Fête d'hiver

Fête d'hiver

FRANCES TYRRELL

texte français de
Cécile Gagnon

Les éditions Scholastic

La conception graphique de ce livre est en QuarkXPress,
en caractère Galliard Roman de 24 points.

Les illustrations ont été réalisées à l'aquarelle sur du papier d'Arches.

Données de catalogage avant publication (Canada)
Twelve days of Christmas (Chanson folklorique anglaise)
Fête d'hiver
Traduction de: Woodland Christmas.
ISBN 0-590-12403-X
1. Chansons folkloriques anglaises - Angleterre - Textes.
2. Noël, Musique de. I. Tyrrell, Frances, 1959-
II. Gagnon, Cécile, 1938-
PZ24.3.F47 1997 j782.42'1723'0268 C97-930845-3

Copyright © Frances Tyrrell, 1997
Copyright © Les éditions Scholastic, 1997, pour le texte français.
Tous droits réservés.

Il est interdit de reproduire, d'enregistrer ou de diffuser en tout ou en partie le présent ouvrage,
par quelque procédé que ce soit, électronique, mécanique, photographique, sonore, magnétique ou autre,
sans avoir obtenu au préalable l'autorisation écrite de l'éditeur.
Pour la photocopie ou autre moyen de reprographie, on doit obtenir
un permis en s'adressant à CANCOPY (Canadian Reprography Collective),
6, rue Adelaide Est, Bureau 900, Toronto (Ontario) M5C 1H6.
Édition publiée par Les éditions Scholastic,
123, Newkirk Road, Richmond Hill (Ontario) L4C 3G5.
6 5 4 3 2 1   Imprimé au Canada   7 8 9/9

Pour notre petit ourson, Neil.

*L*e premier jour de l'hiver
Quand la neige a tout recouvert
Tristan du Bois apporte à Julie
Dans un arbre une jolie perdrix.

Le deuxième jour de l'hiver
Tristan envoie à sa belle
Deux vaillantes tourterelles
Chargées de fruits et de baisers.

Le troisième jour de l'hiver
Julie a le coeur qui bat
Voici Tristan qui s'amène
Avec trois magnifiques tétras.

Le quatrième jour de l'hiver
Julie sert le thé à Tristan
Qui lui laisse en la quittant
Quatre huards aux yeux perçants.

Le cinquième jour de l'hiver
Tristan revient encore
parler d'amour
Dans un coffret de velours
Brillent cinq anneaux pour elle.

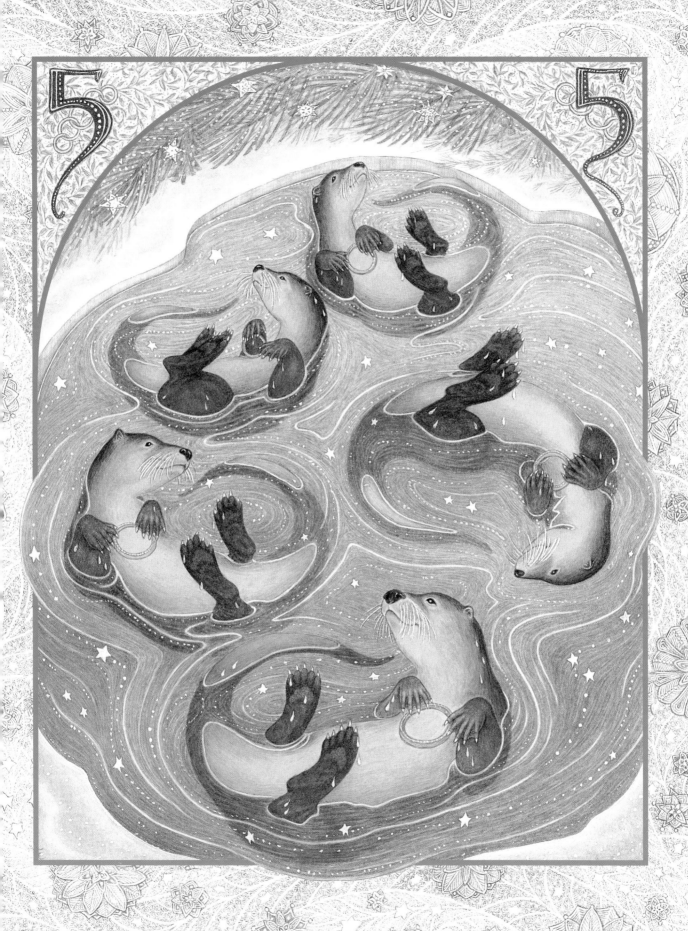

Le sixième jour de l'hiver
Tristan présente à Julie
Six outardes couvant dans leur nid.
Le coeur de Julie est conquis.

Le septième jour de l'hiver
Tristan fait venir pour elle
Sept grands cygnes siffleurs
Qui arrivent à tire d'aile.

Le huitième jour de l'hiver
Julie lui présente sa parenté
Et Tristan propose pour l'aider
Huit ratons laveurs affairés.

Le neuvième jour de l'hiver
Le mariage est dans l'air
Il y a toute une fête à préparer!
Les renards se mettent déjà à danser.

Le dixième jour de l'hiver
On convoque tous les voisins
Et les orignaux du bois d'alentour
Se préparent à venir faire un tour.

Le onzième jour de l'hiver
Julie endosse ses beaux atours;
Onze musiciens bien vite accourent.
C'est demain le grand jour!

Le douzième jour de l'hiver

Julie et Tristan se marient.

Douze castors mènent le cortège

Sous le ciel étoilé de neige.

Et après la cérémonie

Toute la joyeuse compagnie

Sur le grand lac gelé

En chantant s'en va patiner.

Les animaux de ce livre sont :

une perdrix grise,

deux tourterelles,

trois tétras,

quatre huards à collier,

cinq loutres de rivière,

six outardes,

sept cygnes siffleurs,

huit ratons laveurs,

neuf renards roux,

dix orignaux,

onze écureuils gris

et douze castors.

L'oiseau dans le poirier
est une perdrix de Californie
et les amoureux sont des ours noirs.